Michael Lentz*NEUE ANAGRAMME

NEUE ANAGRAMME bilden den Auftakt einer insgesamt 3-bändigen Ausgabe mit Arbeiten von Michael Lentz. Demnächst folgen werden Zungendresche. Sprechakte (mit CD) und ODER. Prosa.

Michael Lentz : NEUE ANAGRAMME
edition selene, Wien 1998

Erstausgabe
Umschlagentwurf: Anton Moosbrugger
Titelmotiv und die im Buch abgebildeten „Optischen Lautgedichte“ stammen von **Josef Anton Riedl**.
Der Ersatz der üblichen Anführungszeichen im Text durch Zollzeichen erfolgte auf Wunsch des Autors.

Printed in Austria
ISBN 3-85266-063-7
Homepage: http://netbase.t0.or.at/~selene — E-Mail: selene @ t0.or.at

Michael Lentz

NEUE ANAGRAMME

edition selene

SPRICH, DAMIT ICH DICH SEHE

anagramm mit einer zeile von aristoteles

Ich sprach ihm dies: Dichte!

LOSUNGEN

logen uns
Lungen. So,
nun los ge-
lungen. So,
nun los. Ge-
lungen. So,
nun los, ge-
nug: Losen
Lungen so
Losungen,
log es nun.

EIN GUTES ANAGRAMM
(immer sage nugat an!)

ist name genug: rama,
maar, magen, ungeist.
ein gutes gramm ana-
nas – ein gramm tauge
genug samt rama –, ein
gram eis. nun tage am
anagramm ein gutes
garn: nase, mut, magie.

ÜBRIGENS

eine anagrammlosung nach robert walser
(ü = ue)

Bieg es nur
bis gruene
Reisbunge
Neues birg!

(Eisburgen,
Busengier?)

EIN WORT GIBT DAS ANDERE
anagramm mit einer zeile,
auf deren wahrheitsgehalt mich werner hofmeister
aufmerksam machte.

Das andere Wort gibt ein
Wort dir eben, das ein Tag
in andere Worte gibt, das
wieder Rabenditos nagt:
bis Tod nirwana-geerdet,
geistert dir da Wonne ab!

Ein Wort anders gibt "ade",
das dortige wabert "nein".
Das da beginnt wie roter
TagNeid. Andres Beiwort:
Dein erdenwortig "basta!"

GastDiebe, in RandWorte
abgeirrt wie StandOden,
nisten Worte dir da Gabe,
gaben Worte dir da Stein,
da, wo dein Nest abgeirrt.

Da ist bar ein DegenWort
dein Wort: Ein GastBarde.

DAS IST DER STAND DER DINGE

Das Ding ist der Erde Stand.
Der Rede Stand ist das Ding.
Dringend redet das: Das ist
der Stand der Dinge. Das ist
des Dinges Tand. Da irrt des
Redens Test, da das Ding dir
das Ding, das dient. Der Rest:
Dir stand das Ding. Es redet:

DAS ist der Stand der Dinge.

ORDNUNG MUß SEIN

Sinnrodung: Muße

"BLEIB DER ERDE TREU"

(nach einem Motto von Friedrich Nietzsche)

Edel irrte der Bube,
er, die Rebe der Blut-
Deuter, bleib er der
beeilte Bruder der
Liebe, der Erde Brut.
Er, Beute der Bilder,
bleib er der Deuter
der Rede, bleib Rute
er der Bibel-Deuter.

Liebe, der Rede Brut,
bebt duerre Lieder,
rudert Ebbe, leider.

DU, der Erbe, liebt er
der Diebe Trubel?

Er,
die Buerrde, ER lebt!

bleib der Rede treu!

"ICH HABE KEIN THEMA"

anagramm mit einer äußerung des malers eugène ionesco

"He! Ich habe kein Amt,
habe echt kein Haim,
ich banke Heimat, eh
ein Hecht Hai bekam."

Ich ahnte Hiebe, kam
nahe:

"Ich biete Kahm,
achte ihm Haken bei,
ehe Kib nach Heimat
hinkte, ach ab im Ehe-
Keime."

Hab Nacht, Hei-
mat, ich kahne Hiebe,
hieb kein Thema, ach

Haeme, ich hinkte ab.

" , da liegt die aporie"
(roland barthes)

a a
e e e
i i i
o

d d
g
l
p
r
t
,

"IDENTITÄT IST VARIIERTE WIEDERHOLUNG"
(Franz Mon)

identität ist variierte wiederholung

NOLI ME TANGERE

ANAGRAMMGEDICHTE

the dim can-game rag

SCHEINBAR
ein anagrammgedicht für josef anton riedl

Ein Barsch
schrieb an
Narbe sich
ran: Schieb
Schrein ab;
Barschein,
Arsch, Bein,
Nase brich;
nasch Bier
nie barsch;
schab rein
Bein rasch,
schar Bein
bis Rachen
Beinschar:
schrieb an
Raben sich
ein Barsch
sich raben
barsch. Ein
Scheinbar
brach sein
Scharbein,
Barschein
brach sein
Scheinbar.

"IST ES SO AUF ERDEN?"
(Jesse Thoor)
(für Erich Kleinschmidt)

Auf Erden ist es so,
du Tor, fasse es ein:
Es ist so auf Erden.

Seit Freude so ans
Ende stiess, o Frau
Fee, da ist uns "Eros"
"Tod". Er fass' sie neu.

Es eist so fade nur
aussen fort, diese
Oednis. Fasst Reue
uns, faste oder sei.

Und so After es sei,
so Feder aus Stein
– darf es so sein, Ute? –,
so ist es. Auf Erden
– einass, der Foetus –
sass ein Feuertod.

O Strafe, und sei es
fast nur Eises Ode –
stossen Eide rauf,
sei Ufer. Sonst "adé".

"DIES ALLES"
anagrammgedicht mit zwei worten von robert walser

Lies es, lad
es als Leid,
lad es leis
als Diesel,
als Leides
Seil lad es,
dieses All,
als Seidel.

Lasse Leid
als des Eil-
Alls Siede-
Diele, lass
es. All-Eids
Seide, Alls
Edel-Sisal,
edles Sial,
las es leid
dieses all?

Sei Dalles,
esse dalli,
da les leis

alles dies

las eil des
Dali's Esel,
des Ei-Alls
AsselLied.

TARNWENDES RACHLIED

anagrammleid total, unfreier nach j.w. (v.) g.

Pralle Fuge? In Leben
ist Uhr,
wenn Pille final
"du" "spuerest".
Kau ich Namen-Heu,
weil ich vielsagende Wogen meide,
alte Wunder? Bar
rauchst du Heu!

TAUCHSIEDER

anagramm mit einem von hans rudolf zeller gefundenen wort

Die Ars-Uchte,
die Rat-Suche: Ich rede Stau.

Auch seit der
Dauer Scheit
siede raucht,
aest Ruch. Die
Tideschauer
schadet Urei;
ist auch Erde,
ist auch Rede-
Rache, seit du
Dauer eichst,
Eide rauchst: Strauchidee,
                Reusicht ade.

Reue ist Dach,
Dach sei Tuer:
Da tue sicher
Dichter's Aue!

"WÜRFELGEDICHT" 1

anagramm mit einer titelzeile von gerhard rühm
(ü = ue)

Wuchtige Felder,
Fuder Licht. Wege
durch feige Welt:
Feucht, wild, rege.

DREI FLUCHTWEGE:

Die GRUFT, welche
der Fluchtwiege
Leid wegfurchte;
Lichtweg FREUDE
– der FluegeWicht –
wiegt Redefluch
gut. Welch FRIEDE,
welcher fugt die
Felge der IchWut,
welch duftigere
Fee, wer dich lugt,
weicht FlugErde:

Ich-Feger Welt, du
Federgewicht, Lu-
der, Ewige Flucht,
dich Teufelwerg
flegd Wueterich.

"E E E E
F F G I
L M N P
R S T U

kombiniere aus diesen buchstaben wörter"
(gerhard rühm)

Meer fispelt Fugen,
fegte Spurenfilme:
fingerfeste Lumpe,
perlten es muffige
Fegsel, mieften pur
im Puff: GeleeStern.
Stempel: FeenFigur

"DAS OHR IST LEER"
(Klaus Schöning)

Roh ist das réel:
Es hoert dir als
Strahl oder Eis,
da es Lohe sirrt,
das irre. Es holt
roh als Tier des
Strohs Leier. Da
droht als Riese
oder Stierhals
Eros dir Halt. Es
las der roh seit
es irrt, da Sohle
– sehr solide Art –
leider Rost sah.
Dir las es: O ehrt
das EilTor sehr,
des Ohrs EilRat:
Er liest das Ohr
als Horde. Er ist
Seil Ader Stroh.
So heilt rar des
Ohres Adler. Ist
leer das Ohr, ist
steiler das Ohr,
leiste das Rohr
dir losere Hast:
Risse Horde Tal.
HIER lasse DORT
los. Es harrt die
Reise drahtlos.
Ihr Lot: Adresse.

UNDSOWEITER

anagramm mit einer floskel von josef anton riedl

Wo ist UrEnde?
Wo UrEden ist,
weiter Sound.
Und Worte: sie
oesen dir Wut,
sie worten "Du"
in oede Wurst,
wo teuer sind
die Wutrosen:
Wie stur Oden
Wuteis roden,
wo Rist, Duene,
Reis, Todwune
rosten wie du.
O Diener-Wust,
O Und-Wert, sie
torsen wie du.
Eiwunde Rost,
Wunderei Ost
sorten wie du.
Wie unser Tod,
Du Weinsorte,
etuden wir so
weiter und so
tun wir Oedes.
Undsoweiter.

GELEGENHEITSANAGRAMME

malen geheimste Garagen,
stimmen gegen Regale (aha!),
hegen marginale Geste am
Sagen: Thema, Regeln, Magie.
MEIN Gehege lag am Rest an.

JOSEF ANTON RIEDL

Frost-Ode "Ja, Lenin",
Oder-Ofen "J. Stalin"
feilten Jordan so:

Jodlertinnef: O Sa-
farijet, Lodenson-
ne, Salonfjord, Tei-
stenode, Jalonfir-
nis, Ofentralje, Do-
linendorf, Jotase-
ladon, Jeinrost, Ef-
fetdonja, Nilrose
ratjodeln so fein
an Joe's Loftdiner
Liedstrofen, ja No-
nenjodel. Tarifso-
listen, ja, der Fono-
senator "Jodlfein
Jaennerfist Odol"
forsten Leid, ja, no-
tieren Donja's Fol-
iantenflor des Jo-
Jo-Landes "Forte" in
Dorfsonaten je Li-
ter Odol, je SinnFa-
nal, je FristOdeon,
je NadelStorno. – Fi-
nale: Torso: J F N I E D

TENORS Jodfinale:
Jo's Nadir-Telefon.

O-Ton J. A. Riedl: "Senf!"

KARL VALENTIN

kann vil, alter:
er knallt naiv!

(trank vanille?
"So? Drum! Ich hab's doch ghört!!")

FUER DIE LIEBE: SUSAN ZUM GEBURTSTAG
ein gelegenheitsanagramm zum siebenundzwanzigsten

Nur EssigMut, du liebe beste **F**ra**U**: Zag
gar im L**E**bensfett bei Daue**R**Usus: Zug
um Zug. Gar seite auf **DIE L**ebensbrust:
Fuer L**IEBES**Dinge: Ra**US** zu gutem B**A**st.

Du baust mit FeuersGier: Ga**NZ U**ebles
Nur: Auf Trau**MGEB**ilde zeigt es B**U**sse
u**R**genau, bis es ReimLus**T** fad bezeugt:
Du irr**ST A**uf Nebels Eis: zaum**G**ebeugt.

Das urig ZauberLeben stufe mutig: Es
ruft bei Laute zum Gesang: Dies Rebus-
Baumes Sieb sagt Dir EfeuGuru Lentz:

Zum TagesGrusse beint Dir EfeuLaub

TRANSZENDENTALES EGO
anagramm mit einer erfindung von immanuel kant

Transzendentales Ego
setzt der Lage Sonne an.
Ergo Tanz:
Sense landet.
Der NettoGlanz: Naesse.
Tendenz: Rostnase. Egal,

es landen Netze. So gart
– gaelte der Sonnensatz –
der Szene Sog an Talent.

Denn stolz segnet Aera
des Talentes RangZone.
Da lesen SorgenTatzen
"Nenne Oel", sagt der Satz,
"Tarzans Oden segelten
Satzes Donner elegant.
Ansonsten zagt er edel",
tatzen Sorgen ans edle
nasse Organ den Zettel
"Nenne es 'Togal'!" "Der Satz
'Dort stelzen Gaense an'
sendet Zoten gar", lasen
Tarzans Dosen telegen,
denn ansatzlose Gerte,
sondern laetzte Sagen
sondert Lentz an Saege
– Oden sagten es: Zentral
stand Erogenes: "LATENZ".

"DIESER MANN IST IN DREIßIG SEKUNDEN TOT."
ein anagrammkommentar zu einer Zeile von Bildzeitung
München, 18.02.1993
(ß = ss)

Im Sinn-Essig sinkt die Todestrauer. Denn:
Trinkt Riese Sinn aus Dose mit Degen? Sind
Dinosaurier stets stinkig? Senden den Mi-
nistern die Damen Kostenruin? Stiess Dig-
nitar in Ostnest dieses Krisending um? De-
generiert sonst das Denken in Tussi dimi-
nuendo? Kreisst mir dienstags ein Dienst?
In Reader's Digest Kundenmission nistet
Sand im Orientierungstest. Denk's inside!
So mied trauriges Kind Sinns Sitten-Ende.

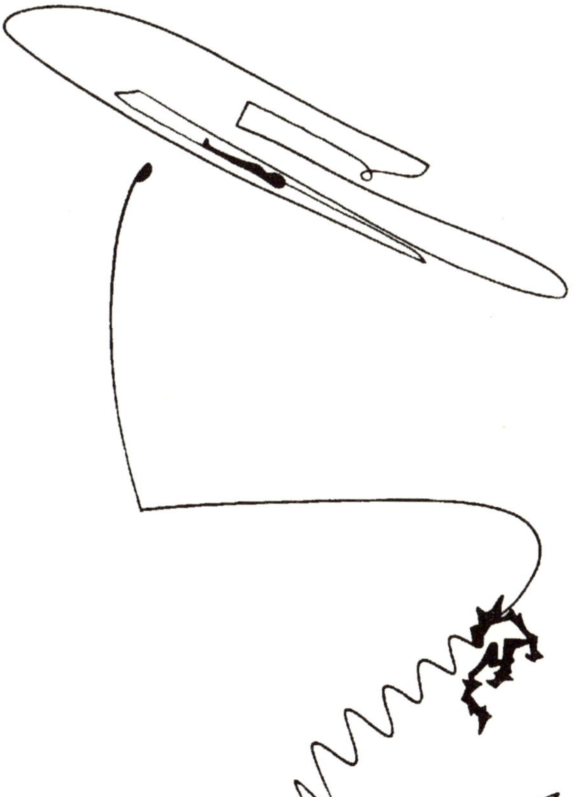

MONADEN

da nomen
name ("don")
dem onan
an moden
– denn mao
am "denn", o
domanen
damonen –,
anno dem
monde an
ode (mann,
damen, no-
ne an dom):
nomaden

AUSFAHRT
anagramm mit einer 'fast rauh' erfahrenen monade

RausHaft,
RaufHast.

Saufahrt
traf Haus
fast rauh.

Saht rauf:
rufst "aha,
Ausfahrt!"

:Rauh-Saft:
Sauf hart!

TAUTOLOGIEN

anagramm mit einer monade, die alle vokale enthält

o-ton "au" liegt
lau in togo: te-
leGAU in toto.
na logo! ei tut
gut an oel. toi
toi! lagune "ot-
to" genial out.
na, iglo outet
tote uno-liga
genau: TOTO li-
nie, LOTTO-GAU.
o togal unité.

AUSTRINKEN

trau Sinken
in Rest-Kanu,
sinne Kraut
an Kruste in
Knastruine:

Kein Turn-As
kann stur Ei
trinken aus
Naturs Knie:

Er kaut Sinn,
(knausert in)
Nike's Unrat,
Antikes nur:

Akuter Sinn
in Aku-Ernst.

URAUFFÜHRUNG
(ü = ue)

U) nfug: Frau: Ruhe
R) Ruf: Aheu: Unfug
A) Uhr: Ufer: Unfug
U) Herr: Ufa: Unfug
F) Aueruhr: Unfug
F) EU: Hurra: Unfug
U) Frau: Reh: Unfug
E) Uhr: Frau: Unfug (Aufruhr: Unfug?)
H) Rufer: Au: Unfug
R) Frau, Heu: Unfug
U) Ar, Fuhre: Unfug
N) Frau: Heu: Urfug
G) Aufruf: Unruhe

WÜRFELBECHER

(ü = ue)

FluecheWerber,
welcher berufe
Werfel-Buecher
ueber WC-Fehler,
rufe WebLerche,
elf WucherEber.
Wer Feler buche,
werfe Buch leer!

L
E
S
E
Z
E
I
C
H
E
N
(horizontalanagramm mit einer vertikalmonade)

lesezeichen (lese: Zechine)
eselzeichen
seelenichze (szeneleiche!)
echzen leise
zechen leise
eichelszene:
in zeche lese
célines zehe:
hic, seele, zen (eilen zeches)
eschenzeile:
nie lechze es

ERZÄHLUNGEN

(ä = ae)

lehren Zeug an
Zunge leer. Nah
an Herz luegen
Lunge, Zehe Ran-
zen an – UrHegel?

Lungern zaehe
Lehrzeugen an
Uhren, glaenze
Unze regelnah,
nage zur Lehne
RegelZahn neu.

Ganz neu lehre
Zunge an Lehre,
glaenzen Ruhe
zu nahe Regeln
zaeher Lungen:

Gruene Zahlen
zuernen Hagel,
garen zu Lehen,
hegen Elan zur
UhrenEleganz
nahe Gerunzel:

Ruegen Zahlen,
laugen Herzen;
leugnen Harze,
heulen Zargen.

IST VERFASSER UNBEKANNT VERZOGEN?

anagrammgesichte für oskar pastior

So sag, vereist Erbenzank Vernunft?
Eva, Stefan, Bert, Sven: Eros' Zinnkrug.
Erektionsfan, nutz Verve, gerb nass!
Verfassung-Verbot? Nenn Katze 'Reis'.
Von Gin versessen uebt Kater Franz:
"Vorsatz vergessen?"
"Nein!"
bat Funker
– fast zu karg rennt eben so ein V-Vers –,
"Kants Irren zog Strafe neben Vesuv,
Graefin Sonne vernetzte Kuss brav,
Kuss nagt Nervenveste firn."
(Bezoar,
verboeser Zungenast, versaft Kinn,
feg's Zurren von Ekstase-Vibranten
fort! Verzagen Nasen, sei Verbkunst.)
"Frost verzaubert Sinn: Eve kann ges-
tern evasiv Feenkurs grob stanzen,
erzversunken faengt Bovist Arsen,
Stern von Fegezaesur verkannt bis
Nornenzank verreist. Gebt Fuss! Ave."
Reger Veitstanz! Bravo, Sensenfunk.
Zerberus van Orest kennt vages Fin:
"Essen fertig. Zaster von Bank e.V. Run!"

reinhard priessnitz' *schlafe, falsche flasche*
spaltenregister, thematische ableitungen, um-schreibungen

I *wenn brüten und und ich reiten das dann frieren im und mit so als nägel ein schaut*
II *wenn und mahnen reisen. fertig. seinen das trabe tauen im tauben, teile. in die taub erde! die brause*

I'1 wenn trüben und und ich tieren das dann mir reifen und somit las länge nie tausch
II'1 wenn. und riesen nahmen gift. das braut seinen atem nie. bauten, eitle, baut er in die rede: seid bauer!

I'2 und ich werbe nun das dünne tier dir an meinen ruf und lese lang: chaos nistet mit an.
II'2 wendung, serientief: das einatmen benamt die sinne, raubt der rede leib, eint eine ruhe, baut an – aus.

RAUCHEN VERBOTEN

Auch roten Verben
bot er Nerven. Auch
nervte ob Rauchen
er. Aber noch TV-neu
raucht er eben von
Vorrat neben euch.

Bete nur von Rache,
Raucher beten von
Verbrauch: Toenen
Verbote Urnen, ach
Onan, er verbuchte
Verbote nach "Rune".

Raucht Vene Roben,
ruchen Raben Veto
nach Vorbeter neu.

Aber noch verneut
NaturEcho Verben:

Rauchen Verboten?

: Toben, Verrauchen.

"barinaste cheniner-ners,"
erzählung mit einer lautgedichtzeile von josef anton riedl

Aha, Sir Benn's reiner Cent,
aber an Chenier's Stirnen-
nest rieben Narren! Ach, Is-
chias bannt Senner, er rei-
hert bis Cannes ran? Einer
ersann Reisebericht an N
(Isarerbe N nascht Nieren!):
"In Reiners Bar stehen Can-
nabiseichen starr, ernen-
nen Ratbasen Riesenrich-
terin, sinnen Baches rare
Stare, rinnen Schaben, rei-
ten Chinesen Ria's Barren.
Caritashennen sirren be-
stens nach Iraner Bier, ne-
benan in Arnes Estrich er-
rasen Bienenrachen Tris-
tesse, ich renn Birnenara
nach, bis an Reiners Rente
eines Aras Nenner bricht:
Braten! Nein, naerrisches
Ren an bairischen Tresen
siecht Renbiernasen ran.
Streberas! Nein, in Rachen
rinnt es rasch: eine raben-
starre Briese nach innen,
rinnt es rabenrasch. Eine
Sternenreise brach an in
Reiners Nachtbar, seinen
Tierchen ans Narrensieb.
(Bestiarienschrannen er-
scheinen an Biestern rar.)
Einen raschen Rest in bar,
einen Barren Rest in Cash:

Irrenten, Einasenbarsch,
Bierstirncaesarhennen,
eistarre Rinnenschaben,
besinnirre Nachenstare,
Innenscharrer, Steinbae-
Ren, Sinneber, Tarnai, Sche-
renranbeisser, Einnacht-
schnarre, Nabenstiere, In-
Ster(n)rabe: Ariennischen.

UNSÄGLICH

erzählung mit einer floskel von josef anton riedl
(ä = ae)

Neulich,
sag
ich,
Gen-Laus,
Nage-Luschi,
anusgleich,
luge ich ans
Ich. Uns? Egal!

Lug nie cash,
Lueg in Cash.

Such genial,
such Igel an
Ich's Lagune.
Such ei-lang,
such geil an
ScheinGaul
Lages Un-Ich.

Such Lage in
Ei, such lang
Asche, lug in
Eis, lug nach
Iglu-Sachen.

Sag Euch Nil,
las Euch Gin,
leg's auch in
Glas, in Euch.

Lag scheu in
NeuGlas ich,

neu-schalig,
luge ich ans
Ei suchlang.

Ich luge ans
Ungleis. Ach,
in Suche lag
Ungleis.
            Ach,
Unsieg lach,
Genius lach
unsagelich.

aristoteles ist tele-tot
ein quasi-anagrammatisches *abc*darium mit vielen unbekannten

aristoteles tele tot, toter
barlach lach, ach
celan elan an
dante: andante ante
elliot eilt oel: olle tolle Tolle o
fallada fall fad da
grabbe grab rabe bar abgab, aber
heine nie eine ehe hin in henné – hein? nein ein
immermann im reim mir immer mann. mein
johnson so sohn-ohn o
kaschnitz nascht nachts sacht schatz, ach
lessing singel, sing leise
majakowski, ja, majakowski; ja
niebelschütz übel nütz eben
orwell, or well
pound, po und
quasimodo quasi qua duo so
reinig einig ein
schiller?
thoor, oh tor!
und
viele
wagner wer
xenophon
y
z
ende
mühsam

"THE GOAL IS WHERE WE ARE ALREADY."
(John Cage)

Here we are already, white goals:

HIRN-BIRD – WO AESTHETIK SCHIMMELT
(mit einer Zeile von Oskar Pastior, die auf eine Zeile von Ian Watson fußt)

Hirn-Bird, wo Statik schimmelt, ehe
Hades weint, kleibt Mischrohr mit
Hehlheits Tod: Stimm wirr kein ABC!

LITANEIEN

teilen ain
ein Anteil
ante Linie,
ein Tal, ein
Latein, ein
Ei – nein, alt
eint Laien
ain Leiten
in Anteile
nie (:ein Alt-
teil, ein An-
teil:) ainen
Litaneien

"ÜBER ALLEN GIPFELN IST RUH"

reiselitanei mit einer zeile von karl may
(ü = ue)

In Arles belupe Fingerlhut,
In Athen prelle Gurus Fibel,
In Berlin pruefe Stuhllage,
In Bern pflege Uli's alte Uhr,
In Fuerth lege Spuren labil,
In Genf halbiere Stulle pur,
In Gent fuehre PulsRille ab,
In Halle preise Burgenluft,
In Lublin spure Fehler, Tage,
In Petersburg heile Unfall,
In Prag fuelle Silbentruhe.

In Paris lebte heller Unfug.
In Genf lehrte Urlaub Spiel.

Ab Pilsen hurte Flegel Ruin.

In Thule lerne Fabel spurig,
In Thule spuere Fell in Grab.

DAS HAT MÄNGEL II

eine anagrammlitanei für uwe dick
(ä = ae)

Made, Sahne, Talg
Haeme, Land, Gast
Samen, Halde, Tag
Degen, Halma, Ast
Ahne, Gel, Damast.
Thema, Nadel, Gas
Sage, Thema, Land
Adel, Asthma, Gen
Thema, Lage, Sand.
Dame, Hanse, Talg
Dame, Halse, Tang.
Degen, Saat, Mahl
Magen, Saat, Held
Magen, Hades, Tal
Hansa, Atem, Geld.
Tand, Saege, Mahl
Saege, Halm, Tand
Ahle, Tandem, Gas
Hagel, Atem, Sand.
Atem, Handel, Gas
Name, Halde, Gast
Satan, Lage, Hemd
Nähe, Magd, Last
Hagel, Satan, Emd.
Halm, Degen, Saat
Hemd, Saal, Agent
Satan, Egel, Mahd
Dame, Hals, Agent
Saat, Nagel, Hemd
Ahne, Tadel, Gams
Satan, Alge, Hemd
Made, Hantel, Gas
Name, Stadel, Hag

Dame, Sahne, Talg
Delta, Samen, Hag
Agens, Dame, Halt
Angel, Made, Hast
Made, Hanse, Talg
Gnade, Halse, Amt
Hand, Alm, Geaest
Nagel, Hades, Amt
Saat, Gnade, Mehl
Ahle, Gnade, Mast
Mahd, Laenge, Ast.
Laden, Gema, Hast
Dame, Angel, Hast
Engel, Adam, Hast
Dame, Nagel, Hast
Degen, Lama, Hast
Nagel, Made, Hast
Haeme. Das langt.

ICH HABE NIE ERWARTET,
DAß ALLEN BÄUMEN EINE RINDE WACHSE

mit einer handlung von gotthold ephraim nathan
(ä=ae)

Was ich alles nie erwartet habe: Eine ScheinRede an den Baum
Ein ScheinReden am EdenBau
Ein Redenbau am EdenSchein

Ich habe nie erwartet, daß allen Raeumen eine Binde wachse.
Ich habe nie erwartet, daß alle Rinde nie neu am Eben wachse.
Ich habe nie erwartet, daß allen Eiben ein Daumen erwachse.

Ich habe nie erwartet, daß alle Maenner die Eiwaben suchen.
Ich habe nie erwartet, daß weise Liebe nur am AnLachen ende.
Ich habe nie erwartet, daß am Nabel wache Sinne Reue leiden.
Ich habe nie erwartet, daß am Ende Liebe nur an Lachen weise.

Ich habe nie erwartet, daß ArsenLeichen neu wie Adam leben.
Ich habe nie erwartet, daß Nebelleichen neu wie Adam rasen.

Ich habe nie erwartet, daß ein BuchName LeseElan anwidere.
Ich habe nie erwartet, daß man's alleine an Buecherei wende.

Ich habe nie erwartet, daß das ABC einer Weile Launen nehme.

IST DAS EINE STÖRUNG?

eine existentielle anagrammlitanei für c. b.†
(ö=oe)

ist das eine stoerung?
ist das eine roestung?
ist das seine roetung?
ist es sein deutorgan?
ist das "es" eine ortung?
ist das "ung" eine sorte?
ist das nur ein getose?
ist das so ein truegen?
ist gas ein neues dort?
ist das ein oesengurt?
ist das eine roe gunst?
ist das eine ostgruen
sinnsauge die stoert?
ist das teure sinn-ego
eis, das genuin stoert?
staut eidesinn sorge?
taute sinns sorge die
sorge, staut die sinne?

giertest, du sinnoase:
tiert uns sage in dose?

ist das eine tun-sorge?
tut das eine sorge ins
notnest, du essigarie?

DAUER ist ein sognest!

oder es singt ein stau
ans "du": risse, neige; tot:
dieses: auge, stirn, not
(auge: IST oder SINNT es?)

sie tat es, ordnung – sie,
es – ist tugend nie rosa?

DAS HAT MÄNGEL III

anagrammlitanei mit einer fest-stellung von uwe dick
(ä = ae)

Delta, Samen, Hag
Ahle, Tandem, Gas
Samen, Halde, Tag
Hagel, Atem, Sand
Adel, Asthma, Gen
Thema, Sage, Land
Made, Hantel, Gas
Ahne, Tadel, Gams
Engel, Adam, Hast
Nadel, Thema, Gas
Gnade, Ahle, Mast
Eden, Halma, Gast
Lage, Satan, Hemd.

Hansa, Atem, Geld
Ahne, Gel, Damast
Thema, Lage, Sand
Degen, Halma, Ast
Agens, Dame, Halt
Satan, Alge, Hemd
Magen, Hades, Tal
Atem, Handel, Gas
Egel, Satan, Mahd
Nagel, Hades, Amt
Gnade, Halse, Amt
Ende, Halma, Gast
Lama, Degen, Hast?

"NICHT-LANGE-ZU-ERTRAGENDES"
anagrammlitanei mit einer wendung von robert walser

Nicht lange ratzuregendes,
Nicht laenger zu tragendes:
[Echte Rand-Zargen-Leistung:
Netz erlangt, Sicherung adé.]

Nicht "Ende" sagt er zur "Angel",
Nicht "Nadel" sagt er zur "Enge",
Nicht "Radel" sagt er zu "Genen",
"Nicht nagen!" sagt er zu "Leder",
Nicht "Nadel" sagt er zu "Regen",
Nicht "Regel" sagt er zu "Anden",
Nicht "Egel" sagt er zu "Andern",
Nicht "Engel" sagt er zu "Adern",
"Nicht aendern!" sagt er zu "Gel",
"Nicht nageln!" sagt er zu "Rede",
"Nicht Erden!" sagt er zu "Nagel".

"Lachen", sagt er zu Tiger, denn:

Er redet Sagen nicht zu lang,
er sagt Reden nicht zu lange (:"Trage Sender nicht zu lange,
sende Ertrag nicht zu lange!"
– Auch Lentz' Ertrags-Ende:
GIN –
"Ergaenze nicht lange Durst,
ergaenze nicht stur an Geld,
Naturs Geld ergaenze nicht").

"Nicht reden!" sagt er zu lange.
Nicht zu lange reden, sagt er.

"KOMBINIERE AUS DIESEN BUCHSTABEN WÖRTER"

(Gerhard Rühm)

DREI WORTE BESUCHTEN UNS AMOK, SIE AIRBEBEN

(ö = oe)

KOMBI NIERE SAU SIEDEN BUCHT BASE REN WORTE
KINO REBE IM SAUSE DEIN BAUCH NEBST ORTE WER
KIND OBER EIMER AUSSEN IN BAUSCH TOTE WEBER
KEINER DOM REIBE USUS NEIN AB ARSCH OB WETTE

KEIM DONNER ERBE SUSAN SUCHT EI AR BOB WEITE
KAISER DREI MOST EBEN NUN SEI RAT BUBE WOCHE
KOSTEN REIS MADE NEBEN SIEB TRIO BAU WUCHER
KASTEN BIER MODE BEBEN REISEN RIO AUS WUCHT

KOSEN TIER ODE BESEN REIBEN BAR ICH MAUS WUT
KISTE MIR BODEN ROSE SEIBERN TUCH NAUE WABE
KRISE MIT RODEN BOESE EIS BUCH TAU RABE WENN
KREIS MITTE ROBE OBEN EID SUCHEN RAUBEN WAS

KORB MUSE ROBBE NEID SACHE SEIN ETUI WARTEN
KRAN MOESE BEIDE NUR BUCHE BOSS ANTI WEITER
KAESE ROM BEIN DUO BUSCH BAER INS EIN WETTER
KARRE MOB BUDE OCHSE BIRNE SIE UNS NIE WATTE

KNARRE BRUCH ODEM OESE BEI BUS IST NIE WATEN
KNAST BRAUCH OEDEM SEE BOE BIS RUIN EIN WERT
KARST BACH ODEON ER BUSEN UEBER INTIM WIESE
KRACH BAST DEO ORBIS UNTEN RUEBE MINE WEISE

KRABBE AST DOCH ORTEN IRIS UEBEN EMU WEISEN
KNABE BRAST BRUT MOOS EICHE DIE REIN ES WUNE
KEBAB STAR MUT ODER SIECHEN SIEBEN RUINE WO
KEBSE ART ABT MOOR SINN SICH REUE DUENE WEIB

KIEME BART BASTEI USO NORNE SCHUB REDEN WIE
KIRRE TRAB BESUCH MUS NONE SATIE EDEN WOBEI
KIB TRIEB SEUCHE MEER NOOR BIENE AN DAS WUST
KIES BIEST AUCH TEE NOMEN BIBER ROSA RE WUND

KOCH BISE TUBE SEITE OMEN BREI AS RAN WUNDER
KUCHEN BRISE STAUB EIBE MOTOR NEIN DES WARE
KUECHE BRIE STUR BARBE NOT MEIN EINS SO WADE
KUERBIS BRIES TOR UCHTE MEISE ABO ENDE WANN

SPRECHAKTE

Seher packt
Scherpaket:
Prachtkese,
Speck, harte
Kaper – Stech-
Schere: Pakt:

packte sehr:
Peschkarte,
Preschkate,
Pech, starke
KechSparte:
Sprachteke
(:"krache, Pest!")

DAS HAT MÄNGEL I

anagrammsprechakt mit einer fest-stellung von uwe dick
für 3 sprecher
(ä = ae)

1 Mal hat das Enge,
mal Segen. –
2 Da hat Thema Sand.
3 Egal.
1 Mal haengt es da,
mal geht da Nase,
da gaehnt es mal.
2 Da mag es Hantel.
3 Man, da hagelt es
das NagelThema:
1 Hemd, sagte Alan;
2 Lahm, sagt Daene;
3 Handel, sagte Ma;
1 Haeme, sagt Land;
2 Ende, sagt Halma;
3 Es tage mal Hand-
Stand am Haegel-
HaemeLand, sagt
MegaHeld Satan.
1 Amen, sagt Halde.

2 "Sahne" galt Dame,
3 "Amen" galt Hades.

METAMORPHOSEN

ein anagrammsprechakt für 1 sprecher [1]
und 1 sprecher / morsezeichengeber [2]
(für achim freyer)

1	thema n o r m p o s e :	*deutliche Artikulation*	*mf*
	metronomphase	.	.
	emphasenmotor	.	.
	sommerphaeton	.	.
	morsephantome:	.	.
2	-- --- -. .- - ... . --- .--. -- . . .-.		
1	semhorn a tempo!	*rasch*	*f*
2	tophosenramme,	.	.
	porthosenamme	.	.
..		.. = kurze Stille	
1	(amorphe SM-note!)	*wie beiläufig*	*p*
...		... = längere Stille	
	neomorphemast	*schnell aufeinanderfolgend*	*mf*
2	"somaphonmeter"	.	.
1	monophrase	.	.
2	m e t	.	.
..		.. = kurze Stille	
1	monomrapthese	*kommentierend*	*mf*
	(ars photo-mneme,	*wie beiläufig*	*p*
	poemhast enorm)	.	.
	stehromanpoem?	*gedrängt*	*f*
	prosamementho?	.	.
..		.. = kurze Stille	
	o-ton rapshemme:	*deutliche Artikulation*	*mf*
2	"oh sparmemento,	*deklamierend*	*f*
	amorphe sem-not!"	.	.
...		... = längere Stille	
1	metaphernmoos,	*kommentierend*	*mf*
	ohne rest am mop.	.	.
	p.s. rom ohne atem.	*deutliche Artikulation*	.

O W N S

eine himmelsleiter für über nach
rausoul hamann
ahanun raumlos
saunamohn ural
oralnun amhaus
manusaul ahorn
lauso annaruhm
lara humusanno
hosanna urmaul

NOWS
O
W
WONS
S
O
SONW
W
O
SNOW
N
W
WONS
N
O
WONS
W O
O N
NOWS
NOWS

"WÜRFELGEDICHT" II

ein würfelsprechakt für gerhard rühm, ausgewürfelt am
6. april 1994

konsonanten sind stimmlos zu lesen; jeder konsonant / vokal / • = ca. $^{1}/_{2}$ sec.;
• = stille
(ü = ue)

1 W R E U D G F E I L H C · · · E · · · T
2 U D F I W R L E H · E C · E · · · · · T · G
3 I L E U F C D R G E · E T · W · H
4 U F L R D G E W C · H · I E · E · T
5 F G L R C U D E H W T · · E · E · · · · · · · · · · · · · · I
6 C F U G R D L E H · I T · W E · · · E

drum
ein anagrammatisches gemurmel in fünf abteilungen für stefan gabányi und cornelius hirsch
für **1-2** sprecher

***1.** sprecher* — *(**1.** oder **2.** sprecher)*

I.

drum
rud um urmud
rum-rum dur.
um dum-rud rud
mur mu dur mud.
dur mud drum
du urmud dru ru.
ru ur du
duru mu um.

um-um drurum rumdrum
du um drum um mu.

um mu um dru um
mu-mu um

dur mud drum
du urmud dru.

dru dru dru rum
um mur-mur drum.

mur-mur rud
rum-rum dur:

drum rud um urmud ur.

ururu
drumrumum

umumumum
drumdrumrum

II.

mur du rum um drum mu dur
rud um murd mu mur ud rum
urdu duru urduru
urduru
urduru
murdurudu udurudrum drum um mud

III.

drum
rum
um
m
mu murd
mu mur
mu murmurd.murdmur ur
mur urd
mur urdmur-urdmur drumumrudmur
mur   m
urmur   m
..   mm
urmur
..   m
urmur-m

IV.

..   mm
murmd
..   m
rud-rud dru
m drumrum m m
..   m
m-m m-m
..   m
m
..
m

V.

m m m m   m m m
...
...
um
mummum-umum
ummum
ummum
mummummumrumum-umum
umum
mumm
urmum
mumm
um
umm
umm
..
u-um
..
..
m
..
..
..
mm
..
mm-m
..
mmm-m
..
..   mm
mmmm-mm
..
..
..
m

"m" und folgen von "m" mit geschlossenem mund.
eingerückte "m", folgen von "m" sowie "um", "ummum", "mumm" und "umm" wie vorschläge auf nächste zeile. .. = kurze stille; ... = längere stille.
jeder abschnitt in tempo und ausdruck anders.

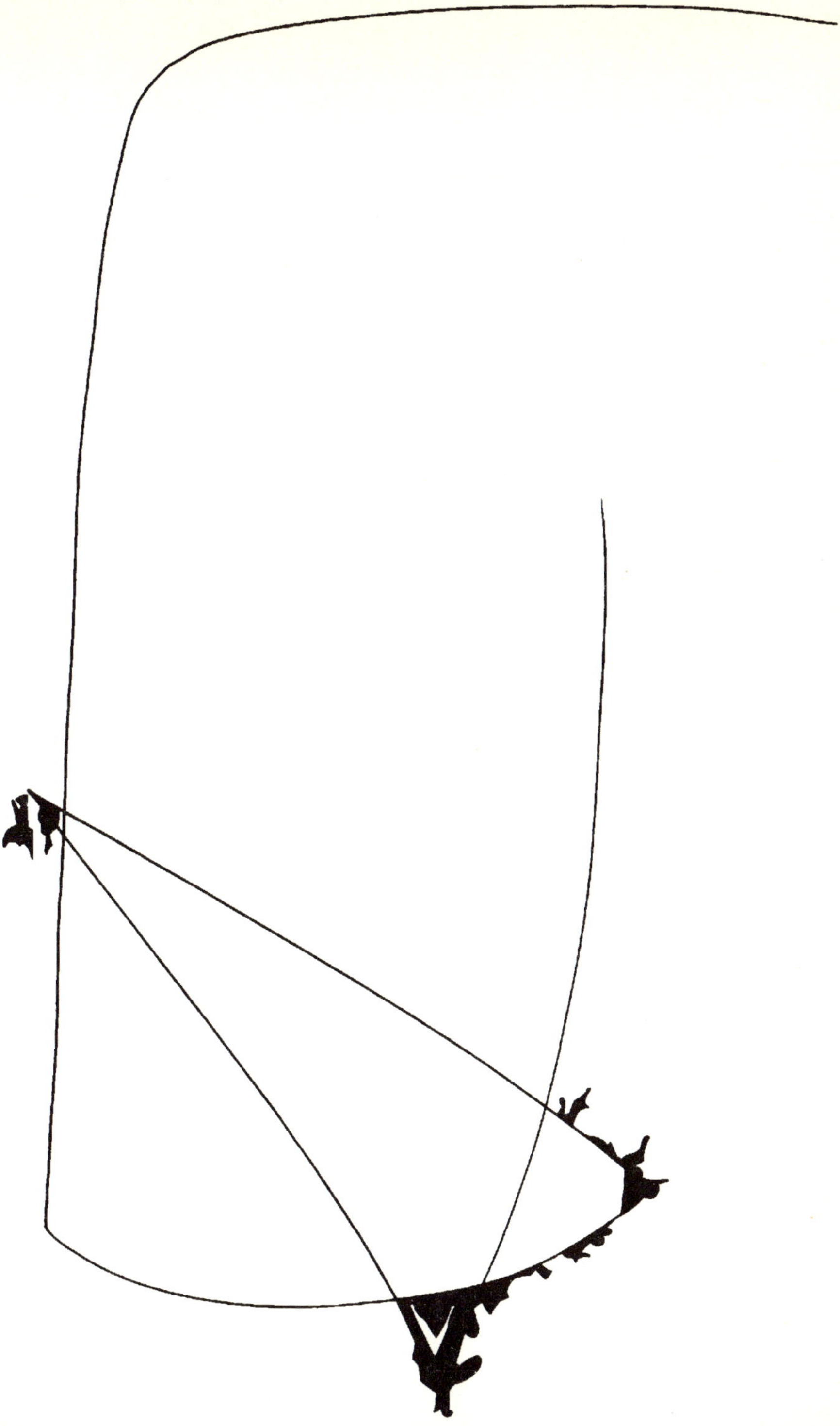

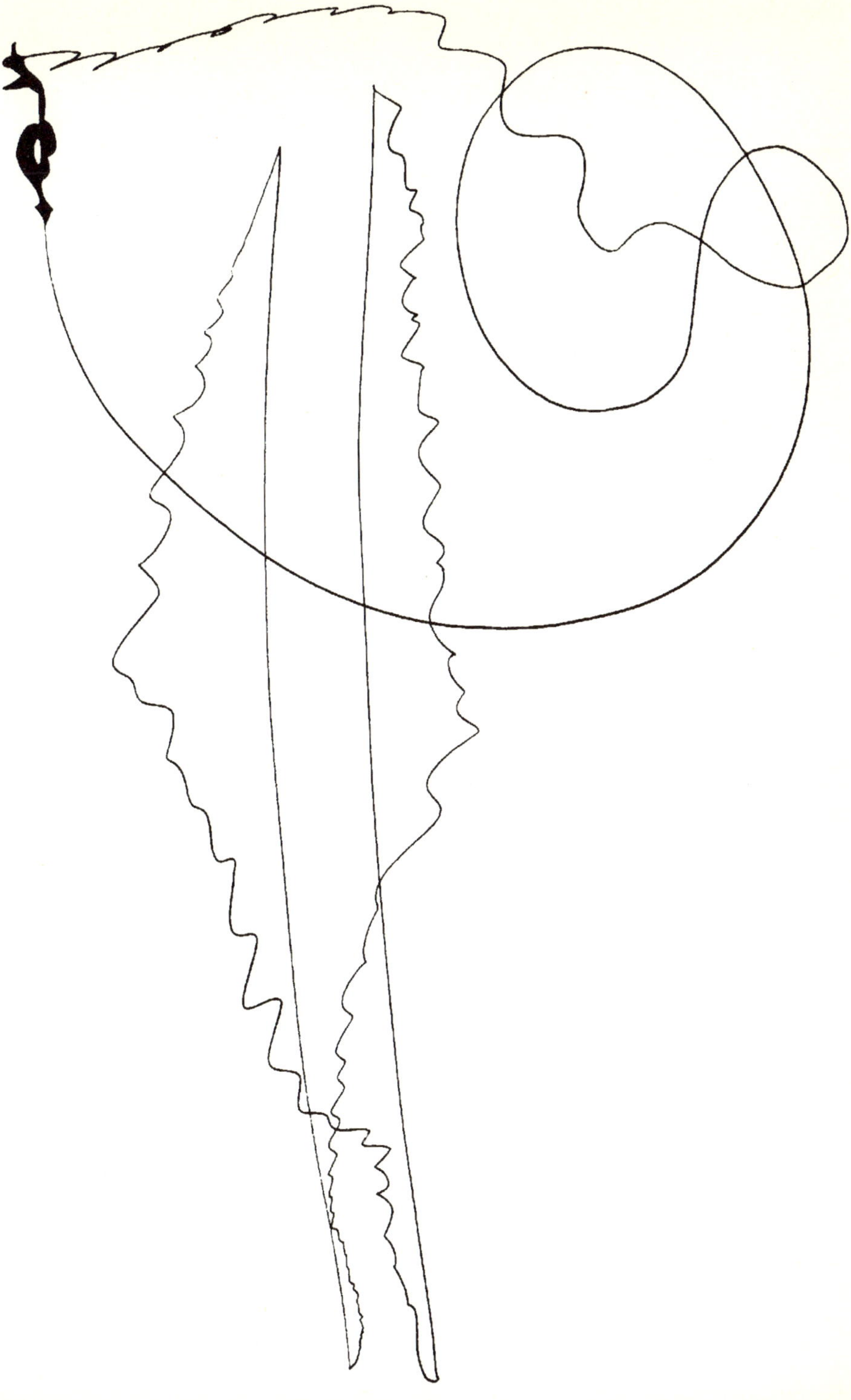

NACHTRAG

gar nacht-
nach ragt
tachgarn
nach grat

ach grant
trag nach
nachtrag

FRÜHNEBEL
(ü = ue)

Rufen Hebel
eben urfehl:
Fuhre Leben?:
nur Befehle!

"ICH BIN GEGEN ALLE REGELN"

regelverstoß gegen eine fahr-lässig josef anton riedl
im zug nach murnau entgleiste regel

Gegen alle Regeln: Ich bin
allein gleich gegen Bern.
Bleiernen Galgen gleich
gell ich gegen Labern ein.
Gerne bin ich all gelegen
gegen Lachen, billigeren
Nebel. Gleich gelingen Ra-
benregeln, gleich egal in
GegenRegen. Ich lalle: Bin
ich Galle, Gegner, Leben, in
allen Regeln bin ich Egge.

ERZÄHLUNGEN

LITANEIEN

SPRECHAKTE

NACHTRAG

Michael Lentz

Geboren 1964 in Düren (Nordrhein-Westfalen). Lebt in München. Studium der Germanistik, Geschichte und Philosophie in Aachen und München. Autor, Musiker und Interpret von experimentellen Texten und Lautgedichten.

Josef Anton Riedl

Geboren in München. Studien bei Carl Orff und Hermann Scherchen; Anregungen durch Pierre Schaeffer; Förderung durch Hermann Scherchen und Carl Orff. Initiierte die Gründung des Siemens-Studios für elektronische Musik München, dessen künstlerischer Leiter er wurde (1959-66).

Zusammenarbeit mit Film- und Theaterregisseuren, Malern und Architekten. Realisierte mit der von ihm 1967 gegründeten Gruppe "MUSIK/FILM/DIA/LICHT-Galerie" auf in- und ausländischen Festivals Multimediakompositionen, audiovisuelle Environments, Konzerte und Ausstellungen, Installationen, Projekte für Kinder, Laien und Körperbehinderte.

Seine seit 1960 entstehenden "Optischen Lautgedichte" (nach einer früheren Bezeichnung "Sonographien") versteht Riedl als "Musik zum Sehen" und unterscheidet sie von seinen vokalen und instrumentalen "Akustischen Lautgedichten".